KB115903

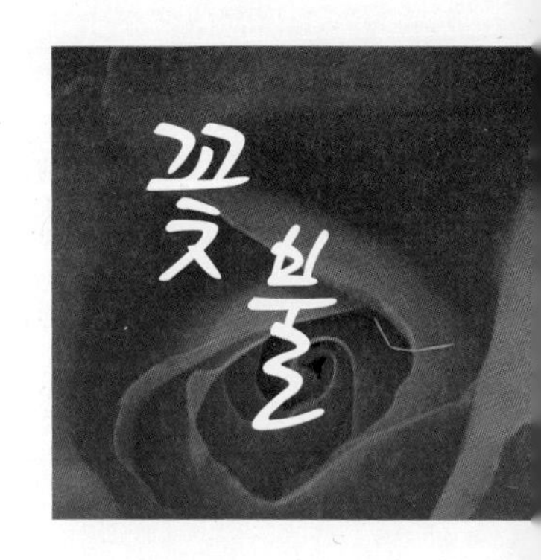
꽃 불

꽃불

발행일 1판 1쇄 2018년 4월 10일
지은이 조순배
발행인 이선우
펴낸곳 도서출판 선우미디어
등록 | 1997. 8. 7 제 305-2014-000020호
02643 서울특별시 동대문구 장한로12길 40, 101동 203호
(장안동 우성3차아파트)
☎ 2272-3351, 3352 팩스: 2272-5540
sunwoome@hanmail.net

이 도서의 국립중앙도서관 출판예정도서목록(CIP)은 서지정보유통지원시스템 홈페이지(http://seoji.nl.go.kr)와 국가자료공동목록시스템(http://www.nl.go.kr/kolisnet)에서 이용하실 수 있습니다.(CIP제어번호: CIP2018010415)

값 10,000원

ISBN 978-89-5658-565-9

꽃불

조순배 시집

선우미디어 sunwoomedia

시인의 말

마음이 슬픈 이여
들에 나가 보라
아무도 바라봐 주지 않는
조그만 풀꽃도
행복한 미소로 사람들을 기쁘게 하고
아무도 돌보아 주지 않는
새들도
아름다운 노래로
사람들을 즐겁게 한다
얼마나 감사한 일인가
고마운 일인가
시를 가슴에 담을 수 있다는 것만으로도
얼마나 행복한 일인가
얼마나 즐거운 일인가

사월에

차례

chapter 2

해바라기 피는 마을

chapter 3

숲속의 봄

chapter 4
물의 정원

chapter 5
강물 그림

꽃 지는 날

냉이꽃

어린 시절
반기던 웃음 사라지고
가는 줄기에
볼품없는 모습

구순의 어머니
오늘은
들녘에 앉아 무슨 생각을 하실까?
열한 명의 자녀
품에 안고
살아오신 삶

주렁주렁 작은 꽃송이들
힘겹게
키를 돋운다

홀씨 되어 떠나버린 둥지
버석거리는 가지만
바람에 흔들린다.

낮달

어느 날
길을 걷다
우연히 마주친 너의 흐릿한 모습
그 옛날이 다가와
울컥 목이 멘다
젖어오는 목젖 위로
조용히 흘러가는 철 지난 노랫소리
한때 초승달처럼
설레이던 때도
만월로
구름 속을 떠다니던 때도
그믐달의 아픔으로
잠 못 이루던 날들도
이젠 눈여겨 찾지 않으면 보이지 않는다

가끔은
내 안에 잠들어 있던 퍼즐 한 조각
벌떡 일어나
사람들 뒷모습 속에서 허둥대게 하는
기억
저편에 서 있는 너

납골당

저승과 이승이 유리문 한 장 사이
찾아오는 이들은
꽃 한 송이 들고 와 유리문 앞에 놓고
눈자위 붉혀가며 흐느끼다 떠나가지만
사진 속 주인공은 웃고 있다

그리워 찾아오고
잊어버리기 위해 찾아오는 곳

산 자의 눈물과 죽은 자의 웃음이 만나는 곳

꽃물

입 다물고 견딘 겨울의 끝자락
벼 그루터기에 자작자작 봄빛이 고이면
부스스 머리 털고 일어서는 논두렁

쟁기질에 넘어지는 겨울
고양이털 부드러운 흙, 봄은
여인네 가슴으로 걸어온다

실개천 물 위에 어른거리는 봄빛
무지개 꽃빛으로 아롱지고
산 너머 아지랑이 빛 가까이 다가선다

세월도 잃고 두근거리는 설레임
버들강아지 봄물 올리면
아득한 옛날이 파편破片으로 뒹군다

꽃불

함백산 기슭에 야생화 핀다
공기도 청청
마음도 청청
푸른 숲속에 이름도 알 수 없는 꽃들이 수없이 피어난다
손바닥만한 꽃
손톱보다 작은 꽃
남색 빛이 얌전해 큰시누이처럼 정숙해 보이는 꽃
붉고 화사하여 멋쟁이 셋째 시누이 닮은 꽃
한참을 찾아야 보이는 앙증맞게 귀여운 손녀 꽃
그들은 각기 다른 표정으로
칠월의 태양아래 꽃불을 지핀다
날 닮은 꽃은 없으려나, 하는데
꽃불이 번져
지나가버린 옛 노래가 불현듯 다가와
머릿속이 하얗게 달아오른다
죄 없는 꽃가지 하나 꺾어 마구 흔들어 보지만
출렁대는 가슴은
하얀 물보라를 일으킨다

나비들은 이 꽃 저 꽃 간만 보고 날아다니고
애가 탄 꽃들은
나비들이 날아오길 기다리다
눈덩이가 붉어지고 노래지고 하얗게 변해간다

꽃 지는 날 2

꽃이 진다
떨어지는 꽃잎은 말이 없다

애타게 기다렸던 시간은 길었건만
만남의 시간은 잠깐

설레던 가슴
아직 식지도 않고
작별의 말도 전하지 못했는데

서둘러 떠나는 너
눈처럼 내리던 고운 모습
아직 그대로인데

내 어깨와 이마에
작은 입맞춤 남기고
천천히 봄날의 뜰을 떠난다

그래도 넌 아름다웠다

길상사의 국화꽃

길상사 뒤뜰 노란 국화 한 포기
깊어가는 가을 속에 저 혼자 피어있다

술잔 부딪는 소리 가야금소리
세월 속에 묻혀버리고
스님의 독경소리만
나직나직 흐르는 뜰

이 집 주인 자야여사는
천억 재산인 이 집을 법정스님에게 기증하면서
이 까짓것 사랑하는 님 백석의
시 한 줄에 비기겠냐고 했다는데

오늘
햇볕도 비껴가는 뒤란에서
사무친 그리움 국화로 피어
님의 시 한 줄 읊조리고 있는지

문득
망자의 영혼 같은 한 줄기 바람이
국화꽃을 흔들고 지나간다

극락조

무능도 수목원 식물원에
극락조 핀다
주홍빛 날개 펴서
하늘로 솟구치려 엉덩이 들고 있다
푸른 잎 속에
부리와 머리를 쳐들고
숨죽이고 하늘을 바라보다
나래 펴 날아오르려는 저 모습
낮에는 눈부셔 날지 못하고
달빛 쏟아져 내리는 날
살며시 날아서 극락으로 가려는지
지금은 발톱을 움켜쥐고 있다
힘차게 날아라
극락까지
그곳은 아주 멀고 먼 나라이니라
다녀와서
그곳 소식 전해 주려마
그 곳에서 내 애비 만나거든
이곳 소식도 전해주고

궁에 내리는 봄

알 듯 모를 듯
연둣빛 물결친다

궁뜰 곳곳을 드나드는 참새들
굴러다니는 작은 몸짓의 수런거림

돌담에 잔설로 묻혀있던 겨울먼지가
잿빛 담장 위에서 서성대고
솜털 같은 햇살이 오르내린다

건들거리던 봄빛이
빈 의자에 앉아서 졸다
봄무늬를 만들고
둥둥 떠다니던 봄바람이 가지 끝에서
나무를 흔들어 깨운다

그 소리에 놀란 겨울이
줄행랑치니
용마루에 누워있던 봄날이 하품을 한다

구절초 친구

아랫녘 고창에서
구절초축제 소식 들려 와
축제장 근처에 사는 친구의 얼굴도 볼겸
가방 하나 어깨에 메고 새벽길을 나섰다

그러나 친구는 바쁘다며
축제장 입구에 날 던지듯 밀어놓고 가 버린다

오솔길 따라 낮은 산자락은 온통 구절초로 뒤덮여 있다
살포시 내린 비로
더욱 청순해 보이는 둥근 얼굴들
재잘거리는 수다가 귀에 들릴 듯하다
소나무 밑 참나무 밑 가릴 것 없이 피어있는 구절초
산골 여인네의 순박한 미소

어매는 구절초를 하나 둘 꺾어와 내 손에 쥐어주곤 했다

나는 그런 기억들을 카메라 앵글에 맞추며
황당해 하던 친구의 표정도
섭섭했던 내 마음도 다 잊어버렸다

한때는 나도 친구도 순결한 구절초 그 자체였으니

구절초 2

상처 한 점 없는 하늘아래
수수한 옷차림
화장기 없는 얼굴
다가가 손을 잡고
눈을 바라본다
맑은 영혼, 너로 하여
세상 속 욕심 사라진다

전생에 헤어진 아우인가
아니면
깊은 산속에 산다는
어릴 적 내 동무인가

너는 나의 아물지 않는 상처이다

그대로

가을 햇살이
벗은 잔가지 끝에 올라앉아
발길질하면
얼마 전에 떨어진 낙엽이
누런 갈잎으로 변해
호루라기 소리를 낸다
바람이 슬쩍 건들기만 해도
온 몸을 들썩이며
회오리 춤을 춘다
나뭇가지엔 아직
지난날의 미련을 버리지 못한 이파리 몇 개
달랑거린다
가야 할 때 가지 못하는 것은
더 큰 아픔으로 남는 것을
마지막 남은 낙엽이 포물선을 그리며
저 세상으로 간다

갈대

하얀 머리 바람에 날리는
노년의 나그네
바랑까지 흰빛이네

서걱거리는 소리
강가를 흔들다
둥근 물결로 흐느낀다

강물에 떠 흐르는 지난 날은
아직도 생생하기만 한데

바랑에 강바람 가득 채우고
훠이 훠이
인사도 없이 사라져 간다

가시연

푸른 초원 위에 물결이 인다
잎을 뚫고 돋아나는 작은 가시 하나
에미의 생살을 찢고 태어난다
몇 밤의 햇볕과 바람이 오고 가니
가시옷 벗고서 일어난 아기꽃
보랏빛 얼굴에 노란 꽃술 달고
알 수 없는 향기 연못을 채운다
어디선가 날아 온 벌과 나비
꽃들을 희롱하다 떠나고
연잎 위로 꽃잎 한 점 떨어진다

6월에

아카시꽃 눈처럼 지는 산자락
오르내리는 사람들
이마에 맺히는 땀방울

손자와 함께 한 할아버지 얼굴에
흡족한 미소가 번지고
망초꽃 덩달아 환한 웃음 보탠다

클로버 꽃 무리지어 재잘대는 능선
삼나무 우뚝 선 숲에는
바람의 깃털에
새소리 어우러져 노래 부르고

떨어진 꽃잎 한 움큼 집어던지니
온 몸에 흐르는 상큼한 냄새
6월은 그렇게 간다
가슴 흔드는 향기와 함께

연꽃

두물머리 강가에
붉은빛 흰빛
연꽃이 핀다
시궁창 속에서도 고운 꽃 피우는 너
푸르고 넓은 치마폭
감싸 안은 은빛 구슬
넘치면 한꺼번에 쏟아낸다

한낮 뜨거운 열기 속에
땀 한 방울 흘리지 않고
두 손 모아 기도하는 너
고운 자태 보여주다 사그라들면
붉은 옷 흰 옷 벗어버리고
황금빛 가슴 안에
푸른 생명들을 잉태한다
너의 계절이 모두 지나
찬바람 불면
입고 있던 치마마저 벗어주고
부족하면 다리까지 내어주는

너는 진정 보살이어라

해바라기 피는 마을

흰 산

향적봉 오르는 계단에
눈이 쌓이고
세찬 눈바람으로 앞이 뿌옇다
보였다 흐려졌다
오락가락 하는 산자락과 골짜기
걸음을 옮길 때마다 발목이 울린다.
바람은 더욱 세차게 산을 흔들고
나무에 맺힌 상고대는 흰 꽃을 피워낸다
고개 숙이고 걷던 사람들이 갑자기
카메라를 꺼내 렌즈에 담기 시작한다
한 발 삐끗하면 굴러 내릴 듯한 언덕
바람은 옷깃을 흔들다가
성이 차지 않는지 몸체를 흔든다
나무기둥을 붙잡고 바라보는 흰 산과 흰 꽃들
가야 할 길은 아득한데
모두들 입을 벌리고 서 있다
뒤돌아 서서 걷는 산길
오를 때 보지 못한
설산의 풍경이 다시 한 번
내 발걸음을 붙잡는다

행복

풀밭 위
아가와 엄마
하늘을 머리에 이고 작은 풀꽃과 동무한다
악수하는 손바닥에 연둣빛 물들고
등뒤로 내려앉는 햇살도 연둣빛

뒤뚱뒤뚱 걸으며
까르르 까르르
꽃잎처럼 나풀거리는 입술

함박 웃는 젊은 엄마
뺨 위에 흐르는 햇살도, 덩달아
까르르 까르르

홍매화

얼마나 그리웠으면
눈 내리는 이월에
붉은 옷 갖춰 입고 일어났을까
바람 속에
소리쳐 불러 보아도
들리지 않는 목소리
그 님의 창가에 홍매화로 피어
못 다한 이야기 전하려 할까
흰 눈은 소리 없이 내려
옷깃을 덮고
부르는 소리도
눈 속에 파묻혀간다
바라보는 것만으로도
온 몸은 뜨겁게
붉은 빛으로 물들어 간다

코스모스

분홍 빨강 보라로 단장한 소녀들
눈부신 빛깔
조잘대는 밝은 웃음소리
강가를 물들이며
강물 위로 내려선다
푸른 하늘도 샘이 났나
하얀 구름 데리고
강물 위로 몸을 눕힌다
얼비치는 물속세상 너무 고와
두 손 담고 흔드니
갑자기 달려오는 흰 물갈퀴
신비롭게 다가오던 영혼의 그림
흔적 없고
파편으로 부서지는 그림자만
물 위로 떠 흐른다
그리움이 묻어나던 옛 그림자
되짚어보나
까맣게 지워진 시간들만
발밑을 스쳐 지나간다

해국

바닷가 바위틈
피어난 한 떨기꽃
바람 속에 피어난 꽃이라
해국이라 부른다네

철석대는 파도
부드러운 바람과 성난 바람
몇 줌의 흙속에 발을 묻고
서 있는 그대여

어쩌자고
보랏빛 옷차림으로 길을 나서
여기에 머물게 되었는가

지나가던 해풍
망설이다
가슴에 안고 토닥이네

천일홍 피는 들녘

붉다 붉어
몇 만 평 들녘이 붉은 빛으로 서 있다
천 일 동안 핀다 하여 천일홍인가
바람 한 줄기 꽃밭을 훑고 지나가니
물결치던 파도가 토해내는 붉은 노랫가락
끝이 보이지 않게 펼쳐진
노을빛 위를
떼 지어 날아다니는 나비들

강한 빛에 놀라
꽃잎 위에 앉지도 못하고
몰려다니다가
어지러운지 날개가 흔들리기도 한다
차라리 내가 저 꽃 위에 앉아볼까
물고기가 유영하듯 걸어가
치맛단에 꽃물 들이고
꽃들의 숨소리 듣고 싶다

내 몸이 서서히 붉은 바다 속에 가라앉는다

찔레꽃 피면

6월이 오면
보라매공원 한 모퉁이에 찔레꽃 핀다
흰빛과 연분홍
그윽한 향기에 벌들이 떼 지어 날아다닌다

찔레꽃 보노라니 옛날이 생각난다
초가집 울타리엔 찔레나무가 많아 꽃이 피기 시작하면
향긋한 냄새가 마당에 가득 찼다
볼우물이 고왔던 엄마는 찔레꽃 핀 울타리 서성거리다가
찔레순 뚝 꺾어 내 입에 넣어주며 환하게 웃곤 했다

우린 마당가에 쪼그리고 앉아
점점이 깔리며 떨어지는 꽃잎을
손바닥에 올려놓고 바라보았다
그때는 엄마의 눈망울이 젖곤 했다

이젠 꽃이 피어나도 모르는 엄마
찔레꽃 한 가지 꺾어 손에 쥐어 드리면
젊었던 지난날이 떠올라
그 곱던 미소 한 번 다시 보여 주실까

청년 실업

발라드가 흐르는 찻집 창가
기어오르는 담쟁이 넝쿨
유유히 흐르는 강물 위에
배 한 척 소리 없이 미끄러진다
부전나비 한 마리
푸른 숲을 넘나들다
찻집 유리창을 더듬거리며
위태로운 발놀림을 한다
모두 한가로워 보이는 이곳에
방향 잃는 나비 한 마리
자꾸만 허둥대며
유리창에 날개를 부딪친다

아무도 보아주지 않는 서러운 나비

짧은 인연

선암사 뒤뜰 백매화 피니
오래된 절집
별빛이 내린 듯 환하다
낡은 지붕 위로
사뿐히 내려앉은 꽃가지 하나
염불하듯 홀로 반짝인다
비바람 눈보라의 긴 세월
구부러지고 휘어진 가지에
봄바람 살랑 불어
하얀 옷 차려입더니
며칠도 못가
사람들 머리 위 어깨 위 소리 없이 얹힌다

오래 함께 하는 인연보다
잠깐 스친 인연이
더 절실할 수도 있겠구나, 생각하니
내 마음 흰나비 되어
지나간 시간 속을 거슬러 날아간다

해바라기 피는 마을

구와우
아홉 마리의 소가 누워있는 형국이라 하여
마을이름이 구와우라네
그 잔등에 해바라기 핀다
언덕과 밭 비탈진 언덕이 모두 해바라기다

우산을 받쳐 든 채
꽃밭을 걷노라니 우산도 한 송이 노란 꽃
질퍽한 땅은 바지 밑단과 신발에다
해바라기 그림을 그린다

하늘을 바라보고 있는 해바라기
커다란 꽃들은 빗물에 젖어 울고
더욱 파래진 잎들은
물방울을 튕기며 꽃과 함께 운다

노랑과 노랑
얼굴들이 하늘을 향해 고개를 쳐들고
길다랗게 열병식을 한다
나도 손들어 이마에 대고
그들의 인사에 답례한다

"울지 마"

오로지 한사람만 사모하다
그님이 세상을 떠나니
뒤를 따라
그와 함께 노닐던 강에 몸을 던졌다는
퇴계 이황 선생과 기녀 매창이 생각나
까치발 하고 해바라기 얼굴을 쓰다듬는다

입춘

얼음 풀리는 강가
둑 밑 바위들은
흰옷을 벗고
얼음장 부수며 흐르는 물결
첫사랑 부르는 휘파람소리
바람은
햇살 한 줌 움켜다가
봄 강에 뿌린다
강가에
매어놓은 나룻배
닻줄에 쌓이는
세월의 무게
여백의
그림을 그리고
버드나무 가지 강물에 내려
찰방대고
잎눈 하나하나에 매달린 희망
봄을 안고 달려오는
연둣물
어느새 내 가슴은 분홍빛이다

우포늪

일억사천만 년을
가슴에 품고 있는 여자

그녀의 혈관을 타고 흐르는 세월
비밀스런 음악이 되고
그 속에 발을 담그면
일억 년 전으로 돌아간다

물이 흐르고
바람이 지나가고
안개가 피어오르는 곳

그녀의 자궁에선
오늘도 새로운 생명이 태어나고
또 다른 세계가 펼쳐진다

자주 달개비

쪽빛 벗어버린 자주달개비
비슷한 모습으로 태어나도
삶은 서로 다르다
자주 꽃잎 속에 숨어있는 잔털들
만지면 부서지는
영혼의 날개인가
얇은 옷자락
누군들 그 고움 탐내지 않을까
계절조차 잃어가는
당신의 운명을
쥐고 흔드는 이 누군가
삶은 그대 뜻대로가 아닌
즐기는 이의 마음이라네
그렇다고 슬퍼하진 마시게
어느 계절에 피어도 한 번 피는 것은
변함없으니
그것으로 위안을 삼으시게
꽃이 피고 싶은 때는 그대 마음 아니지만
지는 건
그대 마음 아닌가

말없이 찾아오던 벌 나비도
그들의 마음이 아니던가
모두 잊어버리고
그대의 고움만 생각하시게

궁에 내리는 낙엽

붉은 빛 젖어가는 고궁
눈부신 카펫 위
비단신을 신고 걸어 볼까

숨 멈추고
궁 뜰에 서서
아!
보고 싶다
소리 지르면
이루지 못한 궁녀의 사랑
낙엽되어
뒤란으로 날아들까

너의 방 마루에 올라
숨소리 들릴까
옷깃 스칠까
문풍지만 소리내어 울고 있다

발끝에 매달려
주춤거리는 너
가슴에 그린 그림
알몸 속에 감추고
기쁨으로 사위어 간다

오동꽃 피는 다산 생가

소쩍새 우는
다산 생가에
오동꽃 피네

헌칠한 키
넓은 잎새
연보랏빛 꽃송이
올곧게 살다 간 그의 환생인가
두 손 모으게 하네

주인 없는 그의 뜰에
오동꽃 떨어지고
꽃잎 주워든
객의 손에
소쩍새 울음소리 묻어나네

집에까지 따라온 건
오동꽃 향기런가
다산의 향기런가

어머니

전화
줄을 타고 느껴지는 냄새
들어도 들어도 싫지 않은 음성
언제나 그 자리를 지키는 그녀
따스한 봄볕으로
내 몸을 어루만지는 목소리
목에 걸리는 목마름
이산가족도 아니련만
"다음에요"
"다음 달에요"
괜찮다는 말만 여운으로 남고
사라져 간 모습은
가슴 안에서 맴돌다
내 눈에 멍울로 걸린다

숲속의 봄

아폰스 무하의 그림 앞에서

꽃무늬 옷자락 길게 늘어뜨린
젊은 여인들이 벽면에 가득하다
긴 머리는 엉덩이까지 물결치고
머리끝은 둥글게 구부러져 있다
손에는 붉고 노란 꽃
머리에 꽂은 앵초 난초 백합꽃
지상의 아름다운 꽃들은 죄다
여인들의 손에 머리에
옷자락의 무늬로 서 있다
그리스신화에 나오는 여신들인가
웃을 듯 말 듯한 미소가 신비롭다
봄 여름 가을 겨울 피어나는 꽃들이
물결치는 머리카락
반쯤 내려 뜬 눈동자
흔들리는 치맛자락을 겨우 붙잡고 서 있다

나 오늘 얼결에 한 마리 나비되어
그 여인들 머리 위를 날아다니고 있다

아버지 미소

금계국 피어나는
아버지 계신 곳

할 일 없이 떠 흐르던 시간
눈동자에 어리던 막막한 표정
공산명월 손안에 쥐고
한숨 쉬던 그 세월
이젠 모두 지나간 전설

노란 꽃으로 빛나는 무덤 앞에
술 한 잔 따른다

흐릿해진 눈앞에
어디선가 날아 온
나비 한 마리
이 꽃 저 꽃 기웃대다
술 잔 위를 맴돈다

나비 등에 스치듯 지나가는
아버지의 미소

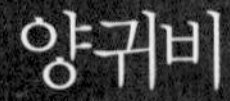

잠자리 날개로 엮은 붉은 옷자락
바람이 넘나들 때마다 넘치는 분 냄새
개미 같은 허리에 휘감긴 치맛자락
흔들 때마다 까무러치는
남정네들의 눈길
바라만 봐도
넋이 나가 눈이 멀었다는
옛날 어느 나라 귀녀의 이름도 양귀비라지
너를 두고
먹으면 꿈을 꾸듯 깊은 잠에 빠진다는
죽음의 묘약이라 한다지만
오늘도 넌 언덕에 서서
누군가를 하염없이 기다리고 있구나

숲속의 봄

초록그림자 길게 드리운 청송대
바람이
빈 가지 끝에 매달리고

웃음소리 발걸음소리 스쳐 지나는
윤동주시비 앞에서
"잎새에 이는 바람에도 나는 괴로워했다"는
식민지 청년의 고뇌를 읽는다

나무에 매달린 가랑잎이
마지막 안간힘을 쓰고
땅위에 엎드려 있던 갈잎은
떠돌다 바람에 실려 간다

가까이서 멀리서 봄이
몸을 흔들고
나무들은 곁눈질한다

꽃샘바람은 하늘을 부르고
대지를 흔들며
천천히 새순 위로 내려앉는다

석류

뒤뜰 우물가
붉은 꽃 달고 서 있는
외로운 나무 한 그루
비 그친 아침
바닥은 온통 붉은 별꽃밭
꽃잎 주워드는 소녀의 뺨도
붉게 물들고
어느 아침
'퍽' 하는 소리와 함께
갈라진 붉은 가슴
그 안에 빼곡히 쌓여있는
알알이 붉은 사연들

상사화

거추장스러운 옷 벗어버리고
소박한 모습으로 서 있는 너

화장기 없는 얼굴로
만날 수 없는 임을 기다리는

사랑했던 추억만으로
천년을 홀로 서서

오늘도 내일도
행복했던 그 마음 하나로
기다리고 있다, 너는

산수유 마을

산골 마을에 산수유꽃 피니
세상이 온통 노랗다
꽃송이 터지는 소리에
잠자던
꽃다지 냉이 개망초 장대나물
두 손 비비며 땅위로 솟고
눈 따라 향기 따라 번지는 봄 메아리
산새들 울음소리도
노랗게 들리는
봄빛으로 칠해진 도화지 속의 그림
"엄마 꽃 따러 가자"
치마끈 붙잡고 매달리던 일곱 살 계집애
목소리가 아스라이 들려 와
봄날 꽃길 속을 걸어 들어간다

소나기 오시는 날

재잘재잘 깔깔깔
중년의 꾸밈없는 웃음소리가
정리되지 않은 찻집에 맑은 바람을 일으킨다
창가에 매달린 풍경은
소녀들의 구슬 같은 웃음소리를 삼킨다

한 켠에선 찻집 주인이 누군가에게
구름 같은 이야기를 쏟아놓는다

호랑이 장가가는 날이다
창밖에 소나기 내리더니 해 비친다

높은 톤으로 이야기 나누던 그녀들
"연꽃 축제라 해서 왔는데 연꽃이 보이지 않네요"
"한 송이만 피었어도 축제는 축제지요"
그녀들의 얼굴에
장난스런 웃음이 스쳐간다

축제 끝난 연밭
푸르른 연잎 위에서 찰랑거리는 물방울을 본다

어느 곳에서 무지개가 피려나

부추꽃

대문 없는 마을 작은 텃밭에
부추꽃이 눈부시게 피어 있다
삼키고 살아오던
내 어린 날이
손가락 사이로 미끄러지다
손바닥 위로 하나 둘 올라앉는다

하늘의 별들이 마실을 나왔나
푸른 잎 위에 떠다니는 작은 별들

부추빈대떡 좋아하시던 아버지
땀을 흘리며 빈대떡 부치던 젊은 엄마
고소한 들기름냄새
이리 뛰고 저리 뛰어다니던 동생들

부추 빈대떡 바구니 가운데 두고
농주 한 사발
어르신들 웃음소리 왁자하던 대청마루
부추가 만든 땅위에 별꽃들이
은하로
내 가슴 안에서 흐르기 시작한다

부용꽃 2

내 유년의 뜰
7월이 오면 장독대 옆 빈터에
다소곳이 피어나는 부용꽃
연분홍치마 곱게 차려입고
잎과 잎의 겨드랑이에서 살짝 고개를 내밀고
다소곳이 미소 짓던 너

가끔 집에 들르시던 고모
툇마루에 앉아 부용꽃을 보며
"애야 꽃이 참 음전하게 피었구나"
하시며 시름없이 꽃을 바라보셨다
흰모시적삼에 치잣빛 치마
쪽진 머리
그 모습이 어쩌면 그리 부용꽃을 닮았던지

이십 대에 지아비와 사별하고 홀로 되신 고모
곱디고운 모습에 사내들의 유혹도 많았다
범할 수 없는 기품으로
조용히 늙어 가시던 모습
세월 흘러도 쪽진 흰머리 단정하고
하얀 모시옷이 하도 고와서 서러워 보였다

고모님 떠나신 그 해
부용꽃은 여전히 곱게만 피어났는데
난 차마 바라보지 못했다

봄맞이꽃

화려한 꽃들 속에
보이지도 않게 피었다가 지는
봄맞이꽃
손톱보다 작은 꽃송이
자세히 보지 않으면 눈에 띄지도 않는 너
오늘도 소리 없이
푸른 하늘을 이고 온몸으로 웃고 있다
흰빛과 보랏빛으로 단장한
귀엽고 사랑스러운 모습
작은 얼굴에 넘치는 기쁨
세상 어느 한 귀퉁이에서
자기만의 빛깔과 향기로 당당히 피어난다

달맞이꽃

밤이 무르익어 가면
달님을 향해 날개를 편다
달빛에 비추이는
너의 속살은
그리움의 빛으로 반짝이고
너는 달빛을 입에 물고
여인이 된다

새벽빛이 밝아오면
달님은 떠나고
떠나는 임
바라보는 얼굴에
촉촉이 배어 흐르는 눈물자국
펼쳤던 날개 접으며
너는
마디마디 달의 가슴을 닮아간다

노루귀 2

솜털
온 몸에 달고
조용한 숲속에 옹기종기
작은 바람에도 고개를 내민다.
너로 하여 밝아지는 세상
바람이 불 때마다
전해오는 솜털마음
그대 마음

봉분 앞에서

세찬 바람 넘나드는 언덕
살아 있는 모습들은 보이지 않고
떠도는 영혼들로 가득한 비탈진 계곡
죽은 자의 마지막을 장식한 봉분들이 가지런하다
한 기 한 기
사연 없는 봉분 없다지만
그 누구도 그들의 이야기에 귀 기울이지 않는다
오후 햇빛이 물결치듯 봉분 주위에 숨어들면
시든 떼들은 노란빛으로 등을 밝힌다
그중 한 곳에 앉아
한 잔 술로 그리운 옛날을 불러낸다
벌레 먹은 복숭아를 먹으면 미인이 된다시던 목소리
이젠 한 줌의 재로 묻히신 아버지
따라놓은 술잔을 흩뿌린다
생전에 흥얼거리시던 노랫가락 들려온다
홍도야 우지마라 오빠가 있다…

벽화마을

갈라진 담장에
해바라기 피어나고
물이 새는 지붕
낡은 슬레이트 조각이 넝마처럼 뒹구는 오후
찌그러진 함지박에서 달맞이꽃 웃는다
이끼 낀 층층대에 그려진 붉은 꽃잎
들고양이 자유로운 이곳
곡예하듯 오르내리는 마을버스
산바람이 넘나들며 아픔 달래주는 마을
낡은 담에는 붉은 꽃 노랑꽃이 피고
나비가 날아다니며
사람들을 부른다 내일을 부른다

벚꽃 2

대지가 뜨거워진다
봄은 조금씩 배를 부풀린다
흔들리는 나무들의 입덧
몸을 뒤척일 때마다
툭툭 불거지는 근육
가쁜 숨소리
온 몸에 흐르는 땀방울
튕겨 오르는 가지 끝에 매달린 꽃망울
거리는 까르르르 원시의 웃음 터진다
나무가 숨을 크게 고르며
만삭의 몸을 풀고 있다

물의 정원

박꽃

남편 보낸 것이 자신의 잘못인 양
밝은 낮에는 집안에 쪼그리고 앉아있다
어두워지는 밤이 되면
검은머리 곱게 빗어 흰 댕기 드리우고
초가지붕에 올라 별빛을 센다

집안에 들어서던 그
사립문 나서며 손 흔들던 모습
아직 눈에 밟히는데
푸른 잎 위에 흰 소복이 웬말인가

어둠이 가고 새벽이 오면
가신 임 그리던 여인
새벽이슬에 온몸 젖어 흐느껴 운다

성지 가는 길

민들레 한 포기
비좁은 은행나무 밑동에
옹색하게 돋아났으나
이마 한번 환하다

십여 년 전 아들 수능시험 무렵
성지에 촛불을 켜기 위해
이 골목길을 걸을 때
세상이 노랗게 물들고 있었다

오늘 다시 이 길을 걷는다
사회에 첫발을 내딛는 아들을 생각하며
걷다가 걷다가 너를 만난다
아직도 척박한 땅속에서 꽃을 피우고 있구나

쪼그리고 앉아 곱게 핀
민들레 꽃송이를 가만히 쓰다듬는다
고생했다 민들레야
장하구나 내 아들아

물의 정원

얼마나 아름다운 이름인가

강변에 망초꽃 하얗게 피어 살랑거린다
물가에 서 있는 버드나무 두 그루
흐르는 물 속에 제 그림자 첨벙 담그고
유유히 하늘을 바라보며 목욕 중이다
한낮의 열기는
물고기의 비늘로 하얗게 파닥거리다
붉은 양귀비꽃 위에서 잠이 든다

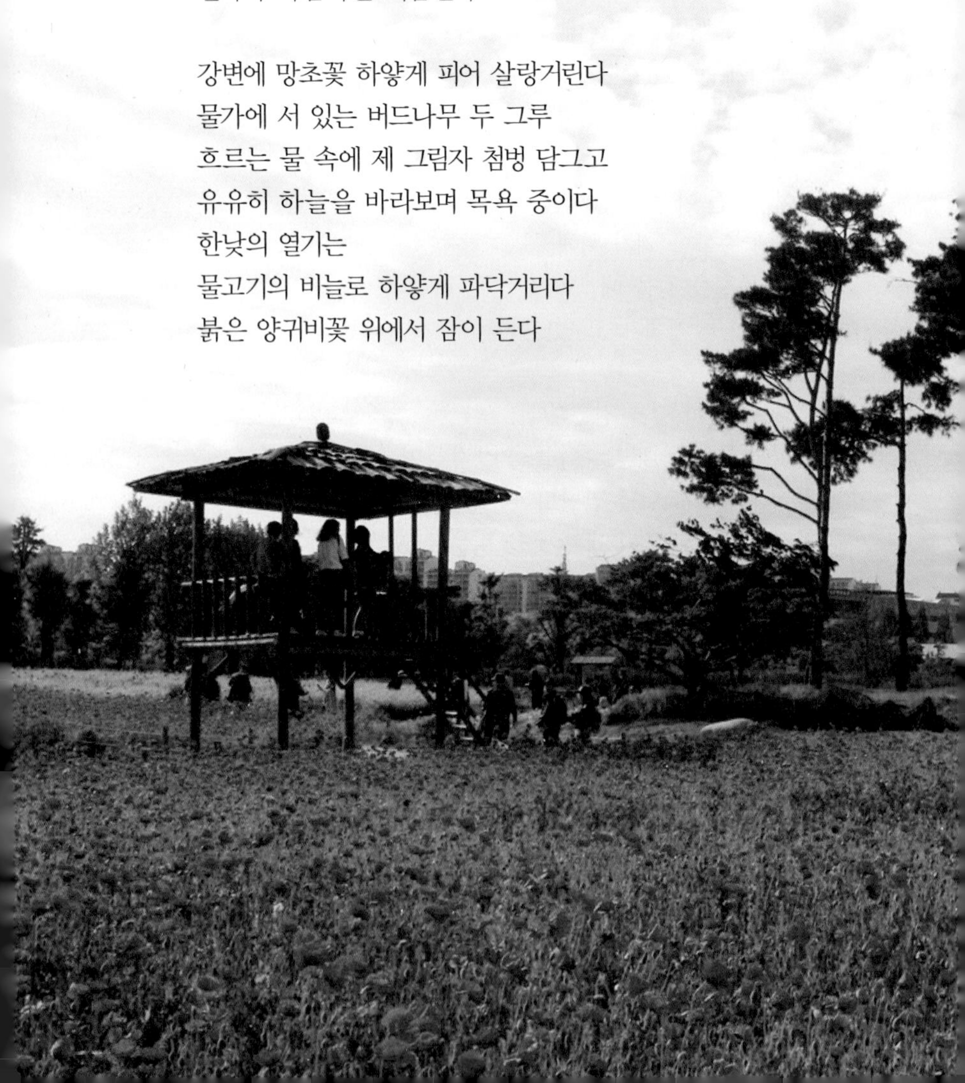

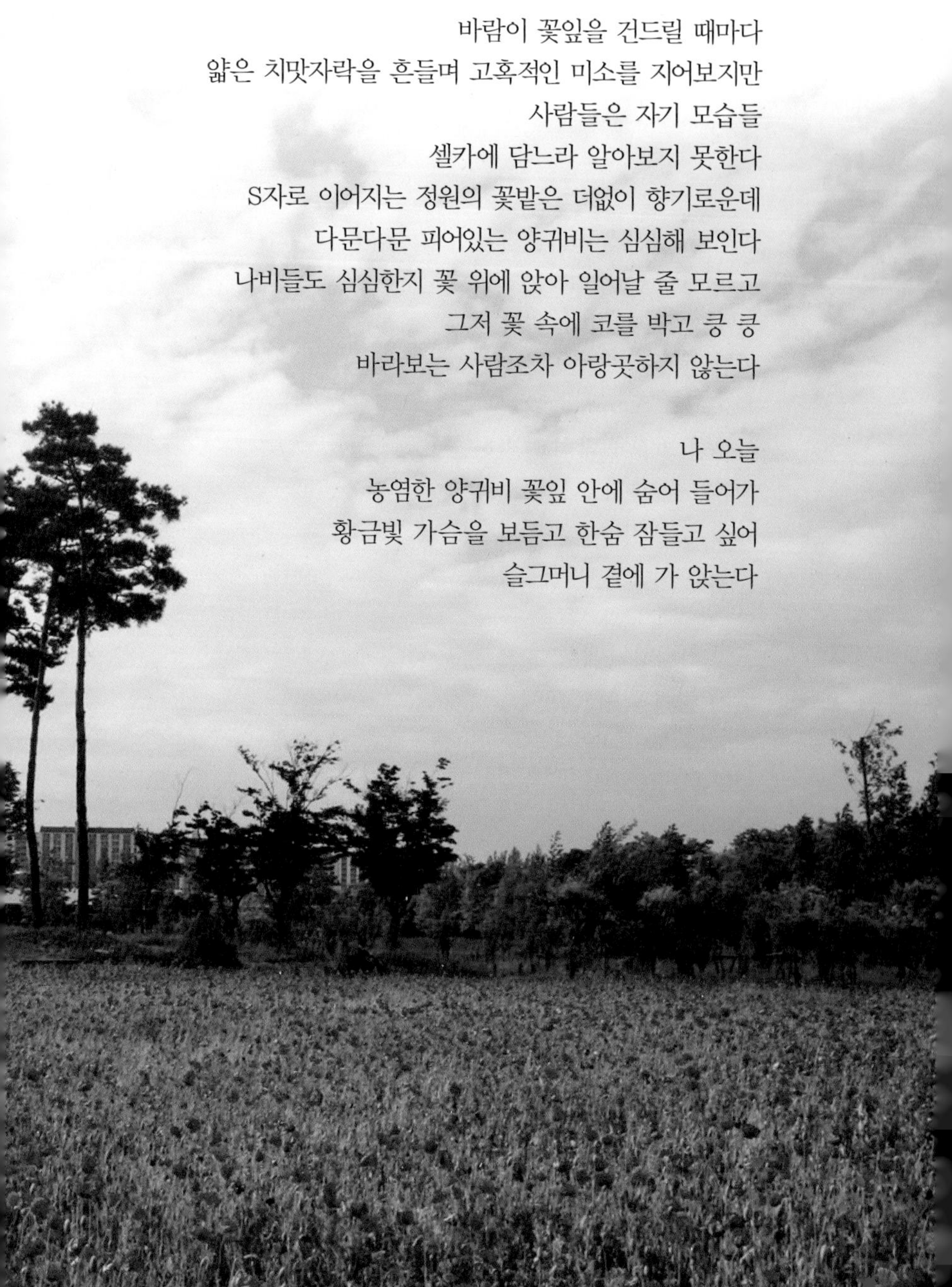

바람이 꽃잎을 건드릴 때마다
얇은 치맛자락을 흔들며 고혹적인 미소를 지어보지만
사람들은 자기 모습들
셀카에 담느라 알아보지 못한다
S자로 이어지는 정원의 꽃밭은 더없이 향기로운데
다문다문 피어있는 양귀비는 심심해 보인다
나비들도 심심한지 꽃 위에 앉아 일어날 줄 모르고
그저 꽃 속에 코를 박고 킁 킁
바라보는 사람조차 아랑곳하지 않는다

나 오늘
농염한 양귀비 꽃잎 안에 숨어 들어가
황금빛 가슴을 보듬고 한숨 잠들고 싶어
슬그머니 곁에 가 앉는다

민들레

보도블록, 콘크리트 틈새
들녘 어느 곳 가리지 않고
한 줌 흙만 만질 수 있다면
환한 등 온몸으로 밝힌다

무수한 발길에 밟히고 밟히면서
생명의 끈 놓지 않는
날개 없는 잎자루의 톱니
주름진 얼굴에 내리는 봄볕

풀잎 하나하나에 꽃대 오르고
땅에 붙어 앉아
하늘을 보며 피어나는
어머니

꽃 진 자리
솜털 단 씨앗의 날개
하얗고 둥근 갓털
바람과 함께 떠돌다
어느 곳에서 다시 태어나실까

목련 2

검은 자주 빛으로 물들어가며
숨을 거두는
그대의 시신
태양을 짝사랑하다
속절없이 생을 마감한 그대여
흙빛으로 변해가는 몸 위로
눈물이 겹쳐서 떨어진다
머지않아 시신도 치워진
그대의 뜰에는
푸른 잎이 희망처럼 자라나고
그대를 그리워하는
또 다른 세계가
이 뜰 아래
이 가슴 안에 펼쳐질 것이니…

언니

가슴 파고드는 바람
아직 차가운데
서둘러 피어난 그녀
다섯 잎에 안긴 수많은 꽃술
앞섶이 여며지지 않구나
가슴에 안은 사연 무엇이기에
그리 많은 꽃술 품고 있는가
만지면 튕겨 날 것 같은 눈물
그리움보다 더 진한 향기
지워도 지워지지 않는 멍으로 남아
꽃받침에 붉은 빛을 토한다
흰옷에 붉은 빛 물들어
아름다움 넘어 애잔한 모습

어느 봄날
그녀의 흰 날개
바람 따라 꽃비로 내린다

도시의 가을

거리에 서 있는 가을이
노랑비로 내린다
머리 위
어깨 위
길 위

하늘을 가렸던 노란 빛
아스팔트 위를 덮다가
바람과 함께
이 거리 저 거리 기웃거린다

방황하는 가로수 잎새는
젖어드는 눈으로
하늘을 바라보다
땅 위에 누워 뒹군다

낡은 옷자락에
실핏줄이 아른거리고

노랑비 내리는 가을을 가슴 안에 가둔다

들녘에 부딪치는 꽃샘바람

겨울 지난 들녘
꽃샘바람 불어든다

갈대도 잡풀도 희부옇게 바래고
널브러져 팽개쳐진 들녘

옷깃 속 파고드는 새침한 바람
앙상한 마른풀 흔드는 어설픈 나래짓

목을 묻고 기다려 온 목마른 봄
길고 긴 초록에의 기다림

화려한 아픔의 봄이여

도라지

불볕더위에도 참선하듯
땀 한 방울 흘리지 않고

한가로운 들녘 8월의 태양아래
숨죽이며 앉아 있는 너

다섯 잎의 줄무늬
그 속에 숨어있는 너의 고뇌를
아무도 눈치 채지 못한다

꽃 시들고 잎도 바래져 가면
너의 뿌리는
새로운 세계를 꿈꾸며 뻗어간다

달개비꽃

그리움이 진하여
쪽빛이 되었나
숲길 후미진 구석에
다소곳이 피어난 너
누구를 그리도 그리워했나
멍이 든 날개
푸른 눈만 끔벅거린다
가슴속 멍든 물이
온 몸에 퍼졌나
남색으로 변한 몸
허공을 바라보다
점점이 찍히는 눈물
잃어버린 꿈들
별빛이 되어
더욱 깊어지는 빛
이 여름이 다 기울 때까지
기다리고 있을 것이냐 너는

능소화 2

8월의 태양 아래
슬픈 여인의 전설이 주렁주렁
붉은빛으로 피어난다

임이 오는 소리
혹여 듣지 못할까
나팔처럼 귀를 세우고

오늘도 울 넘어 바라보며
키 돋움 하다
하늘로 치솟아 오른다

바라봐도 보이지 않는 그 임
기다리다 지쳐 몸을 던진다

오직 한 사람을 그리는 마음
노란 꽃술에 숨어
한 서린 독이 되었다

모란꽃

대공원 장미원에
장미보다 먼저 달려 나온 너

탐스런 몸에 노란 가슴
붉은 자줏빛
겹겹의 치맛자락
바람이 손짓하니 고개를 흔든다

오월의 햇살은
너의 뺨을 어루만지며
만족한 미소를 짓는다

모란을 기다리던
'영랑'의 뜰에는
지금쯤
묵은 사랑을
그리워하는
너의 흔적도 서성이겠지

잠간 피었다
떠나는 너
그래서 더욱 아쉬운 사랑

능소화 사랑

옛날 옛적
소희라는 궁녀가
하룻밤 성은을 입어
집 한 채를 하사 받았다
그러나 그뿐
잊혀진 여인이 되었다

행여
그 임이 오실까
나팔 같은 큰 귀를 활짝 열고
날마다 담장 밑을 서성거리다
그만 병이 들어 죽고 말았다

다음 해 여름
담을 타고 무리지어 오르는 꽃봉오리
좀 더 높게 높게
넘어다보는 바깥세상
노란가슴 드러내고 바라보나 아무도 없다

비 그친 아침
주황색 치마를 둥글게 펴서
온 몸 던져 곤두박질치는 애달픈 능소화

사람들은 오늘도
한 많은 그녀의 가슴을 만지면
독이 묻어난다 하여
멀찍이서 바라보곤 한다

산수유

매화 지고 난 산자락
마른가지에 매달린 주머니
보석이 가득하다

주머니 열리니 밥알 닮은 노란 꽃
어린 네가 수없이 매달려
너의 부모 다시 한 번 젊음을 얻는다
방울방울 몸 터지는 소리
새봄의 노래
지나가던 바람이 기웃대니 활짝 열리는 노란 가슴

이 땅
봄의 손님
한 분 한 분 들어선다

시월愛

시월 어느 날
환한 미소와 함께
억새꽃다발 안겨 주던 그
설레이던 가슴에
물결치던 흰빛
반딧불인 양 하였다

시월 어느 날
바람 속에 흔들리던 너
억새의 씨앗 따라 떠나고
그 밝고 빛나던 미소만
억새꽃으로 남아 추억의 사진첩인 양 하였다

보고 싶다는 말
천근 돌덩이로 누르고
억새꽃 한아름 꺾어 언덕 아래로 던진다

노을 2

붉은빛 토해내는 바닷가

나뭇가지에 걸려
마지막 숨을 고르는 시린 빛

목젖이 타도록 부르고 부르던 외침이
가슴 가슴에 달려드는 그리운 빛

고운 님 보내는 뒷모습에
뿌려지는 서러운 빛

뒤돌아보며
소리 내지 못하고 부서져 내리는
고와서 더욱 슬픈 빛

강물 그림

강물 그림

구름꽃 하늘거리는 강가
그림으로 흐르는 물 위에
하늘과 꽃이 들어앉는다

물결 따라 변하는 그림 위
고움에 취한 나비
길을 잃고 헤매다 시름 잊고
황홀한 꿈을 꾼다

바람 불어 꽃그림 사라지고 물빛
바닥 보이니
꿈에서 깨어난 나비 변해버린
세상이 아득하다

흘러간 세월 주우러
강가에 앉은 나비
추억이란 이름 앞가슴에 달고, 강물로
떠 흘러내린다

메밀꽃

흰 바람 너울대는 들판에
출렁대는 흰 물결

너를 만나 숨차 오르는 떨림
수줍은 향기에 황홀하다

물결치는 파도
바래져 가는 너의 넋

가슴으로 불타올라
꽃대마다 붉은 빛

사라져가는 시간
흰빛으로 사위어가고

기억 속
가슴 아림은 내 안에
솟구치는 슬픔으로 내려앉는다

비밀의 정원

공원 한 모퉁이 건물 옥상 위
하늘 정원
푸른 잔디 위 삐비꽃 핀다

뒷동산에 올라 삐비 뽑느라
밥때 지나는 줄 몰랐던 어린 시절
까맣게 잊고 지내던 유년이
여기 비밀의 정원에 있다

작은 바람에도 가냘픈 허리 흔들며
하늘을 향해 손짓하는 너
가난했지만 따스했던 기억을 찾아낸다

마당 앞에는 가지가 주렁주렁
초가지붕 위 달밤이면 반짝이던 박꽃
묘지 곁에 일어서던 할미꽃
울타리에 흰빛으로 피어나던 찔레꽃
정원 한 쪽에 놓인 의자에 앉아
바구니에 진달래꽃 따 담던 엄마의 꽃 닮은 얼굴을 떠올린다

엄마, 지금
비밀의 정원 어디에 숨어 계시나요

아버지

고목에 어깨 기댄
사내
피로에 젖은 눈가
고집스런 입매
연기로 피어오르는 담배
손가락에 얹히던 바삭거리는 슬픔
농부도 아니고 도시인도 아닌
삶

가난을 아버지의 탓으로 여겼던
어린 딸
고단하고 남루한 이야기
어깨에 매달린 수레의 무게
뒷모습에 내리는 노을빛

바래져가던 세월의 언어
그때의 아버지보다
더 많은 나이가 되어
그 나무 아래, 나는
속울음 삼킨다

어머니 2

저녁어스름 밀려오면
활짝 피어나는 분꽃
함지박에 흙담아 꼭꼭 눌러 심던 꽃씨

어느덧 여름
너의 계절
붉은빛 노란빛 분홍빛으로 피어난 너
짙은 고향냄새

가벼워진 몸으로
너의 모습 너의 향기에
조용히 미소 짓는…

목울대를 타고 넘치는 아픔
붉은 꽃잎으로 피어난다

어느 여인

소박한 의자와 탁자
먼지 낀 조화가 꽂혀있는 찻집

식어버린 찻잔 앞에 둔 여인
들고 나는 사람들
무심한 표정 위로
빛바랜 음악이 흐른다

망설이다 꺼내 든 낡은 시집
손끝에 침을 묻혀 책장을 연다
나비 되어 날아오르는 수많은 언어들

만남과 이별, 갈등과 사랑이 함께 담긴 책갈피
흐릿한 옛날이 마알갛게 찾아들어
여인의 얼굴에 실개천 그린다

손전화 울음에 허둥대는 손끝
추억은 멈추고
가방에 담기는 부스러진 이야기들

일어서는 여인의 어깨 위로 흐르는
물결 물결 은물결

4월의 들녘

손톱보다 작고
먼지보다 큰 풀꽃이 들판을
흰 비취빛으로 물들인다

돋보기를 써야 보일 듯한 꽃술
꽃샘바람, 온몸으로 응답하는 모습
귀엽고 안쓰럽다

풀꽃 사이사이 보랏빛 제비꽃
사이좋게 춤을 춘다

수런거리는 몸짓
종알거리는 소리
비눗방울 터질 듯한 웃음소리

노랑나비 한 마리
풀꽃 위를 맴돌다 인사 나누고

봄볕은 그들 머리 위에 예쁜 그림을 그리며
축복의 미소를 보낸다
4월은 그렇게 들녘에서 시작된다

노랑

봄의 물결이 흐르는 강가
노란빛 웃음
푸른 하늘 아래 꿈으로 이어진다

병아리의 따스한 부드러움
솜털 오소소 일어서는 신비로운 힘
고운님 가슴 물들이며 피어나는 생명의 빛

멧새 떼 화들짝 놀라
노오란 덤불로 숨고
망울망울 망울진 꽃잎에
번지는 노란 두런거림

품속 파고드는 고운 향기
가만히 안겨드는 하늘가에
하르르 노란 꽃잎이 지고 있다

자운영

논바닥에 붓질 된 고운 빛
한걸음에 다가가
무릎 꿇고 얼굴 드민다

곱다 고와

곡예하듯
날아오르는 나비떼
한꺼번에 일어서는 향기

어지러워
얼결에
한 마리 나비가 된다

아름다운 뒷모습

은행나무가 줄 지어 서 있는 공원
노랗게 물든 은행잎이
불어오는 바람에 나비처럼 팔랑거린다
나무 밑을 지나는 이들은
손전화 꺼내들고
은행나무 배경으로 이리 찍고 저리 찍고
웃음소리가 공원에 가득하다
그때 휠체어를 밀고 가던 노 부부 한 쌍
은행나무 밑에 멈추어 선다
땅에 떨어진 은행잎을 주워
휠체어에 앉은 남편의 손에다 쥐어준다
참 예쁘지요?
빙그레 웃으며 고개를 끄덕인다
그 모습이 하도 고와
힘드시지요?
나는 부인에게 인사를 한다
무슨 말씀을요!
옆에 계시는 것만으로도 축복이랍니다
그들은 이어폰을 한 쪽씩 나누어 귀에 꽂고
은행나무 밑을 천천히 지나간다

목련 3

꽃잎이 진다
떨어진 흰빛은 땅위에 앉자마자 얼굴빛을 바꾼다
발길에 밟히는 꽃잎
낯설어진 나
엎드려 너를 손안에 옮긴다
지쳐 늘어진 모습
쓰다듬어 보지만 눈을 감는다

너는 사월의 천사
우윳빛 향기로운 모습
하늘을 향한 간절한 그리움
짧은 봄밤을 설레게 한다

너의 계절이 지나
어두운 수의로 갈아입고
밝아오는 대지에 입 맞춘다

메꽃

태양을 좋아해서 한여름에
피어나는 너
화장기 없는 얼굴
미미한 향기
연분홍저고리에 감추어진
그윽한 자태
다소곳이 피어있는
너를 만나면
그 옛날 젊은엄마와 마주친 듯
내 마음밭이 출렁거린다

오늘도 너는 풀숲에 숨어
해님을 가슴속에 안은 채
속절없이 피고 진다

북춤

붉은 띠를 매고
하얀 장삼을 걸친 스님이
북채를 들고 큰 북 앞에 선다

소매를 걷고 북머리를 바라본다
피리소리 조용히 흐르니
너흘 같은 장삼자락 폭넓은 소맷자락
북소리에 맞추어 출렁거리기 시작한다

점점 빨라지는 북소리
흰 버선발이
땅에서 솟구치며 공중을 찬다

넓은 소맷자락과 장삼자락이 바람을 가른다
스님의 눈동자는 푸르게 빛나고
한 마리 학이 되어 북을 두드리며 날아다닌다

나는 먼 여행을 다녀온 듯 그 자리에 덜썩 주저앉는다
둥둥둥 북소리
둥둥둥 심장소리

옥잠화

하늘에서 떨어졌나
푸른 언덕에
하얀 비녀들

초록옷 걸친 젊은 청상
비녀 꽂은 뒷모습
동백기름 발라 곱게 빗은 머리에
이곳저곳 꽂아본 흰 비녀

버릴 수 없는 인연
푸른 치마폭에 담아 안고
가슴 다독이며
한 폭의 그림으로 늙어간다

장미

아무도 일어나지 않은 새벽
이슬에 세수한 너의 모습
너무 고와 다가서기 두렵다

붉은빛 노란빛 분홍빛
꽃길따라 향기 넘친다

바람으로
풀빛 햇살로
너에게로 간다

너는 오월의 신부

자귀나무 꽃

푸른 잎들이 지쳐 늘어진 여름 한낮
분홍빛 부채
물결치며 바람을 가른다
해님이
너의 몸을 지나면서 보여주는
신비롭고 밝은 분홍빛 17세 소녀의
첫사랑을 떠올린다
그냥 좋았던 그 시절
그때 그녀의 뺨을 닮은 너
부드러운 수술은
그녀의 손가락을 닮았다
만지면 날아가 버릴 것 같은
가볍고 부드러운 감촉
순수하게 다가오는
은은하고 맑은 향기
바라보는 것만으로
숨이 막힐 듯
두근거리던 그 시절의 냄새
분홍빛 눈썹에 차오르던
그 옛날이
다시 살아 숨을 쉬기 시작한다

해설

꽃의 시인이 보여주는 존재의 미학

오봉옥
(시인, 서울디지털대학교 교수)

1

글쟁이답게 살자, 라고 생각하며 글을 써왔다. 작가 한 사람 한 사람이 자기만의 세계를 갖고 있는 '독자적인 정부'이니 자존심을 갖고 살아야 한다고 줄곧 생각해왔다. 그래서 함부로 고개 숙이지 않았다. 함부로 서명하지 않았다. 김수영 시인의 말처럼 온몸으로 밀고 가고자 했다. 치열하게 살고, 치열하게 고민하고자 했다. 시대가 비껴가는 걸 용납하지 않았다. 하지만 나에겐 '글쟁이다움'의 치명적 결함이 있었다. 열심히 쓰지 않았다. 열심히 짓지 않았다.

백화점 문화센터에서 여러 사람을 만났지만 조순배 만큼 '글쟁이다운' 사람을 만나진 못했다. 조순배는 수필가이자 시낭송가, 사진작가로도 활동하고 있었다. 그는 매주 시를 써왔다. 온몸으로 밀고 가는 느낌이었다. 그의 시는 쓴다기보다 짓는다는 표현이 어울릴 만큼 자신보다는 시적 대상을 노래하고 있었다. 그의 시엔 '꽃'이 등장하는 경우가 많았다. 사진작가인 그가 집착하는 사물도 꽃일지 모른다는 생각이 들었다.

얼마나 아름다운 이름인가

강변에 망초꽃 하얗게 피어 살랑거린다
물가에 서 있는 버드나무 두 그루
흐르는 물속에 제 그림자 첨벙 담그고
유유히 하늘을 바라보며 목욕 중이다
한낮의 열기는
물고기의 비늘로 하얗게 파닥거리다

붉은 양귀비꽃 위에서 잠이 든다
바람이 꽃잎을 건드릴 때마다
얇은 치맛자락을 흔들며 고혹적인 미소를 지어보지만
사람들은 자기 모습들
셀카에 담느라 알아보지 못한다
S자로 이어지는 정원의 꽃밭은 더없이 향기로운데
다문다문 피어있는 양귀비는 심심해 보인다
나비들도 심심한지 꽃 위에 앉아 일어날 줄 모르고
그저 꽃 속에 코를 박고 킁킁
바라보는 사람조차 아랑곳하지 않는다

나 오늘
농염한 양귀비 꽃잎 안에 숨어 들어가
황금빛 가슴을 보듬고 한숨 잠들고 싶어
슬그머니 곁에 가 앉는다 – 〈물의 정원〉 전문

이 시의 화자는 지금 '물의 정원'에서 서성거리고 있다. 강변에는 '망초꽃 하얗게 피어' 살랑거리고 있고, '물가에 서 있는 버드나무 두 그루'는 강물 속에 '제 그림자 첨벙 담그고' 목욕을 하는 중이며, 물의 표면은 햇볕을 받아 '물고기의 비늘'처럼 하얗게 파닥거리는 느낌을 주고 있다. 하지만 결국 화자의 시선이 머무르는 곳은 '양귀비꽃'이다. 화자는 '얇은 치맛자락을 흔들며 고혹적인 미소를' 머금고 있는 양귀비꽃에 눈이 팔려 '슬그머니 곁에 가'앉는다. 양귀비꽃 속에 '코를 박고 킁킁'대는 '나비들'처럼 자신 역시 '농염한 양귀비 꽃잎'안에 숨어 들어가 '한숨 잠들고 싶어' 자신도 모르게 다가선 것이다. 하지만 중요한 것은 자신이 아닌 '양귀비꽃'이다. 자아는 지금 양귀비라는 대상의 세계에 동화된 존재일 뿐이다. 그는 결코 자신을 앞세우거나 꾸미려 하지 않는다. 그저 '양귀비꽃'이라는 대상을 담아내려 할 뿐 거기에 자신을 투영시켜 뭔가를 보여주려는 생각은 결코 하지 않는다. 그에게 중요한 것은 인식이 아니라 존재이다. 인식을 앞세우면 자연은 대상으로 전락한다. 존재를 앞세우면 자연은 공생의 관계가 된다. 그는 그런 존재 하나하나를 보며 자연의 아름다움을 발견하고, 깊은 이치를 발견하고자 한다. 그의 존재론은 과거의 기억 하나를 끄집어낼 때에도 발동된다.

어느 날
길을 걷다
우연히 마주친 너의 흐릿한 모습
그 옛날이 다가와

울컥 목이 멘다
젖어오는 목젖 위로
조용히 흘러가는 철 지난 노랫소리
한때 초승달처럼
설레이던 때도
만월로
구름 속을 떠다니던 때도
그믐달의 아픔으로
잠 못 이루던 날들도
이젠 눈여겨 찾지 않으면 보이지 않는다

가끔은
내 안에 잠들어 있던 퍼즐 한 조각
벌떡 일어나
사람들 뒷모습 속에서 허둥대게 하는
기억
저 편에 서 있는 너

– 〈낮달〉 전문

기억을 하는 건 인식론이고 기억이 나는 건 존재론이다. 인식론의 주체는 '나'이고, 존재론의 주체는 그 존재하는 대상이다. '기억 저 편에 서 있는 너'는 '나'의 인식과 상관없이 떠오른 존재이다. 나도 모르게 '낮달'을 계기로 떠오른 존재, 과거사이다. 시간이 흘러 '잠 못 이루던 날들도 이젠 눈여겨 찾지 않으면' 보이지 않는다. 그러다 문득 뭔가를 계기로 떠오르는 존재들. 무의식 속에서 둥둥 떠다니다가 어느 순간 툭 튀어나온 존재와 그 존재에 얽힌 일화들. 이 시의 대상인 '너'는 화자로 하여금 '울컥 목이 메게' 하는 존재이다. 어떤 이유로 목이 메게 되었는지는 말하지 않는다. 독자로 하여금 상상하게 할 뿐이다. 하지만 이 불친절은 우리의 경험치 속에 녹아있는 것이어서 걱정할 것이 못 된다. 어느 누구에게나 가슴속에 '잠들어 있던 퍼즐 한 조각'씩은 있게 마련. 살다가 문득 나도 모르게 떠오르는 존재들과 그 존재들에 얽힌 이야기들은 있게 마련인 것. 이 시는 우리로 하여금 그런 존재들을 떠올리게 한다. 이 시는 우리로 하여금 그런 존재들에 얽힌 이야기들을 떠올리게 한다. 이 시를 읽고 잠시 멍해진 이유는 그것이다. 〈물의 정원〉이 아름다운 수채화 한 폭을 보여준 것이라면 〈낮달〉은 가슴을 뒤흔든 영화 한 장면을 만난 듯한 느낌을 안겨준다.

2

〈낮달〉과 비슷한 류의 작품으로 꼽을 수 있으면서도 비유의 절묘함을 안겨주는 작품은 〈민들레〉이다.

보도블록, 콘크리트 틈새
들녘 어느 곳 가리지 않고
한 줌 흙만 만질 수 있다면
환한 등 온몸으로 밝힌다
무수한 발길에 밟히고 밟히면서
생명의 끈 놓지 않는
날개 없는 잎자루의 톱니

주름진 얼굴에 내리는 봄볕

풀잎 하나하나에 꽃대 오르고
땅에 붙어 앉아
하늘을 보며 피어나는
어머니

꽃 진자리
솜털 단 씨앗의 날개
하얗고 둥근 갓털
바람과 함께 떠돌다
어느 곳에서 다시 태어나실까 - 〈민들레〉 전문

이 시는 눈물샘을 자극한다. 아무 데서나 피어나는 '민들레'와 '어머니'가 중첩되어 있기 때문이다. 1연은 아무 데서나 피어나면서도 '온몸'으로 '환한 등'을 밝히는 존재로서의 민들레를, 2연은 슬프고 가난한 존재이면서도 끈질긴 생명력을 보여주는 존재로서의 민들레를, 3연은 늘 땅에 붙어살아온 가난한 존재로서의 어머니를, 4연은 바람에 날리는 민들레홀씨를 보며 그리움 가득 떠올리는 존재로서의 어머니를 노래하고 있다. 이 시의 어머니는 외롭고, 슬프고, 가난하고, 소외당한 채 살았지만 그럼에도 불구하고 '환한 등'을 밝히는 존재, 하늘을 보며 피어나는 존재, 민들레 홀씨처럼 아름답게 날아가는 존재이다. 〈민들레〉는 비유의 실감과 함께 시각적 이미지가 두드러진 작품이다. 민들레의 묘사 하나하나는 어머니의 생을 떠올리게 한다. 보도블록이나 콘크리트 틈새에서 피어난 민들레, '무수한 발길에 밟히고 밟히면서도 생명의 끈 놓지 않는' 민들레, '환한 등 온몸'으로 밝힌 뒤 다 버리고 훌훌 날아가는 민들레는 가난한 환경 속에서 끈질기게 살아온 어머니의 이미지를 떠올리게 하면서 시적 실감을 배가시킨다. 이 시의 마지막 행은 어머니에 대한 그리움을 절제된 표현으로 드러내 절제미를 보여주고 있다. 우리는 이 절제된 표현 속에서 화자의 정서를 읽는다. 〈민들레〉와 함께 존재의 중첩을 보여주는 시로 〈박꽃〉이 있다.

남편 보낸 것이 자신의 잘못인 양
밝은 낮에는 집안에 쪼그리고 앉아있다
어두워지는 밤이 되면
검은머리 곱게 빗어 흰 댕기 드리우고
초가지붕에 올라 별빛을 센다

집안에 들어서던 그
사립문 나서며 손 흔들던 모습
아직 눈에 밟히는데
푸른 잎 위에 흰 소복이 웬말인가

어둠이 가고 새벽이 오면
가신 임 그리던 여인
새벽이슬에 온몸 젖어 흐느껴 운다

– 〈박꽃〉 전문

이 시는 '박꽃'과 '남편을 먼저 떠나보낸 여인'이 중첩돼 있다. '남편을 먼저 떠나보낸 여인'은 '푸른 잎 위에 흰 소복'을 입은 이미지로, '밝은 낮에는 집안에 쪼그리고 앉아 있다 어두워지는 밤이 되면 검은머리 곱게 빗어 흰 댕기 드리우고 초가지붕에 올라 별빛을 세는' 박꽃의 이미지, 그러다 새벽이 오면 '새벽이슬에 온몸 젖어 흐느껴 우는' 이미지로 그려지고 있다. '민들레'와 '어머니'의 이미지 연결처럼 '박꽃'과 '과부'의 이미지 연결은 절묘한 느낌을 안겨준다. 이 시가 눈물샘을 자극하는 것은 이러한 '여인'이 우리네 주변에 널려있기 때문이다. 남편을 먼저 떠나보낸 우리네 어머니와 누이가 바로 그런 존재들일 것이고, 이 시의 화자가 바로 그런 존재일 터이다. 조순배는 자신의 감정을 직설적으로 드러내지 않는다. 다른 사물을 통해 간접적으로 드러낼 뿐이다. 그가 이렇듯이 비유를 즐겨 사용하는 것은 감정의 절제 속에서도 시적 실감을 드러낼 수 있는 방법이 바로 비유에 있기 때문일 것이다.

3

비유의 절묘함과 함께 절제미와 압축미를 보여주고 있는 작품으로 또 꼽을 수 있는 것은 〈꽃 지는 날 2〉이다.

꽃이 진다
떨어지는 꽃잎은 말이 없다
애타게 기다렸던 시간은 길었건만
만남의 시간은 잠깐

설레던 가슴
아직 식지도 않고
작별의 말도 전하지 못했는데

서둘러 떠나는 너
눈처럼 내리던 고운 모습
아직 그대로인데

내 어깨와 이마에
작은 입맞춤 남기고
천천히 봄날의 뜰을 떠난다

그래도 넌 아름다웠다　　　　　　　　－〈꽃 지는 날 2〉 전문

이 시는 대상을 명확히 적시하지 않고 있다. 다만 '눈처럼 내리던 고운 모습'이라는 표현으로 짐작하건데 '벚꽃'이 아닐까 한다. 이 시는 발상이나 표현에 있어서 평범한 수준을 벗어나지 못하고 있다. 하지만 다 읽고 나서 가슴이 싸해지는 것은 무엇 때문일까. 시적 자아의 태도가 독백적이고, 시적 자아의 감정이 애상적이기 때문이다. 이 작품의 정서적 거리가 균제·절제된 거리를 유지하고 있기 때문이다. 또 한 가지, 이 시의 시적 대상이 다른 존재를 환기시키기 때문이다. 난 이 시를 읽고 내 곁에서 잠시 머물다 떠나간 아름다운 사람 하나를 떠올렸다. 그이라면 나 역시 '그래도 넌 아름다웠다'라고 이야기할 수 있을 것 같아 한참을 생각했다. 그리고 이처럼 사랑하고, 이처럼 애달파 하

는 마음을, 이처럼 절제된 감정으로 노래하기란 쉽지 않다고 생각했다.

마지막으로 살펴볼 작품은 〈아폰스 무하의 그림 앞에서〉이다.

> 꽃무늬 옷자락 길게 늘어뜨린
> 젊은 여인들이 벽면에 가득하다
> 긴 머리는 엉덩이까지 물결치고
> 머리끝은 둥글게 구부러져 있다
> 손에는 붉고 노란 꽃
> 머리에 꽂은 앵초 난초 백합꽃
> 지상의 아름다운 꽃들은 죄다
> 여인들의 손에 머리에
> 옷자락의 무늬로 서 있다
> 그리스신화에 나오는 여신들인가
> 웃을 듯 말 듯한 미소가 신비롭다
> 봄 여름 가을 겨울 피어나는 꽃들이
> 물결치는 머리카락
> 반쯤 내려 뜬 눈동자
> 흔들리는 치맛자락을 겨우 붙잡고 서 있다
> 나 오늘 얼결에 한 마리 나비되어
> 그 여인들 머리 위를 날아다니고 있다
>
> – 〈아폰스 무하의 그림 앞에서〉 전문

조순배는 '꽃의 시인'으로 불리어도 좋을 만큼 이 시집에서 많은 '꽃들'을 노래하고 있다. 그가'꽃'의 이미지에 집착

하는 이유는 무엇일까. 그리고 위에서 살펴본 바와 같이 그 '꽃'과 '여인'의 이미지를 한사코 연결시키고자 하는 이유는 또 무엇 때문일까. 아마도 아름다움을 대변하는 것이 꽃과 여인이기 때문인 듯하다. 꽃과 여인은 곡선의 미학을 상징적으로 보여준다. 꽃과 여인의 곡선미는 그 자체만으로도 우리의 감정을 자극한다. 아름다운 세계를 추구하는 작가에게 꽃과 여인의 이미지 연결은 필연적인 선택일 수밖에 없었는지 모른다. 그가 '아폰스 무하의 그림'에 꽂힌 것도 수많은 꽃장식을 한 여인들이 신비롭게 다가왔기 때문일 것이다. 이 시는 '아폰스 무하의 그림'을 보지 않은 사람도 그 그림을 떠올리게 할 만큼 실감난 묘사력을 보여주고 있다.

조순배는 시를 짓는다.(쓰는 게 아니다.) 자신을 앞세우지 않고 대상 하나하나를 존중하는 마음으로 담아내니 '짓는다'고 해야 옳다. 그런 점에서 조순배는 존재의 미학을 보여주는 시인이다. 그가 찾아가는 존재는 식물성(동물성이 아니다)이고, 그 중에서도 꽃을 포착하는 경우가 많다. 그는 가히 '꽃의 시인'이라 불리어도 좋을 만큼 꽃의 사유를 보여주고 있다. 그는 또한 사진작가답게 이 시집에 멋들어진 사진들을 곁들여 읽는 차원을 넘어 보는 즐거움까지를 안겨주고 있다. 아무쪼록 이 시집 〈꽃불〉이 많은 사랑을 받았으면 하는 바람이다.